**Femke van Reede**

# Verlicht mij

## Blijf altijd vechten voor jezelf

novum pocket

© 2024 novum publishing

ISBN 978-3-903468-82-5
Geredigeerd door:
Rens van der Hammen
Omslagfoto:
Kevin Carden I Dreamstime.com
Ontwerp omslag, lay-out & typografie:
novum publishing
Foto's binnendeel & Auteursfoto:
Femke van Reede

**www.novumpublishing.nl**

Print product with financial
**climate contribution**
ClimatePartner.com/16547-2311-1001

# Inhoud

## "Blijf altijd vechten voor jezelf"

Hoe beweeg ik door een wereld vol meningen en oordelen?
Hoe hou ik balans tussen wat ik voel en wat er allemaal
gebeurt?
Hoe blijf ik wie ik wil zijn?
Hoe weet ik wat ik wil, ook als ik het even niet meer weet?
Hoe doorbreek ik de patronen?
Hoe zorg ik voor het geluk in mijzelf?
Hoe begin ik?

Het zijn deze vragen die vaak door mijn hoofd spook-
ten toen het niet meer ging en het heeft een paar jaar
geduurd voordat ik antwoorden begon te vinden. Want
soms gebeuren er dingen in het leven die zoveel impact
hebben, dat je overprikkelt raakt door het leven zelf.
Je raakt jezelf kwijt of voelt een leegte. Soms voel je zo
ontzettend veel, soms helemaal niets.

Elke dag nog leer ik en probeer ik mezelf volledig aan
te kijken. Alles aan te kijken wat ik eng vind en wat nog
pijn doet. Alles aankijken waar ik nog aan wil werken.
Alles aankijken wat ik nog niet weet.

In deze dichtbundel beschrijf ik verschillende soorten
pijn en angst, maar ook groei, geluk, liefde en hoop. Alles
staat in verbinding met elkaar.

Ik hoop dat jij er iets aan hebt, dat jij jouw droom vindt
en waarmaakt, je leven danst en het leven aangaat. Of

dat je jezelf er in herkent en je je niet alleen voelt. Dat het je vooral mag inspireren om door te gaan.

Liefs,
Femke

*Met dank aan: Marc van Bracht, voor het helpen bouwen aan mijn dichtbundel en het vertrouwen in mij.*

**Lees je iets en is dat een trigger? Heb je direct hulp nodig? Bel of chat dan naar 113. Hou vol lieve jij.**

## Wat er nu toe doet –

Het komt goed
Dat is wat er nu toe doet
De zin die haar heeft gebracht
Een vechter te zijn van dag tot nacht
Haar normen geleerd, waarden erkend
Gegroeid tot een vrouw
Die leert en van haar leven houdt
Die vecht en leeft

## Rugzak –

We delen dezelfde pijn
in andere vormen
We delen dezelfde
littekens
op andere plekken
We dragen dezelfde rugzak
in andere kleuren

# Kom terug –

Vergeet mij niet
Heb mij lief

Verdwaal
En kom terug

Vind, zie
Voel mij

Denk
Kom terug
En hoor mij

De kleine jij

Onbevreesd
Onbezorgd

Ik ben er altijd
In jou verschuild

Proef, ruik
En kom terug

Ik ben je thuishaven
Je basis en je regelmaat

Ik ben jou
Zonder littekens

Kom terug
Waar zit je nou

Kom thuis
Daar wacht ik op jou

# Dichtbij –

Ik ontmoet jou in ogen in stemmen,
gezichten en manieren

Je bent overal waar ik ga

Ik zie je in publieke ruimtes
In de menigte op straat

Naast mij of aan de overkant

Ik ontmoet jou in elke dag
In ieder moment

Niet meer op aarde in jouw vorm
Maar wel in mensen die ik aanstaar

Ik sta versteld hoe dichtbij je bent
Betoverd door de gelijkenissen

Er is nooit sprake van afscheid geweest
Want ik zie jou weer terug in de hemel
en voor nu in delen op aarde

Gezichten die je voor me halen
Stemmen die me laten luisteren hoe je klonk

Jouw manieren die me laten geloven dat je bij me bent

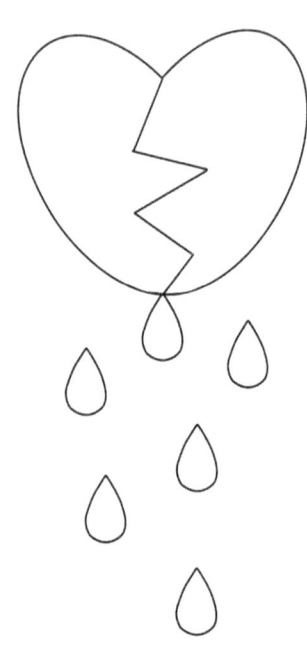

## Hoe pijn kan zijn –

Alsof iemand mijn hart en ziel doormidden snijdt
Littekens onder mijn huid gekropen
De stilte die de leegte vult
De kou die mij omhelst
Echoënde woorden zwevend door de wolken
De beelden uit het verleden laten me stilstaan
in het heden
Mijn bloed stroomt wel maar ik voel niets
Ik adem wel maar beweeg niet
Brute, koude, kille pijn, laat me vrij
Geef me even tijd, zodat ik alles weer
op een rijtje krijg

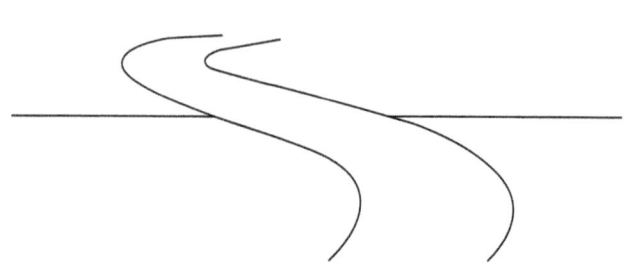

## Ver weg –

Haar zelfhaat is groot
Haar liefde is groter
Haar kracht is het grootst
Het vertrouwen wordt breder
Haar lichaam in vrede
Angsten worden kleiner
Zorgen verfijnder
Trauma's zijn dichtbij
Op een dag zal het
Ver weg van haar zijn

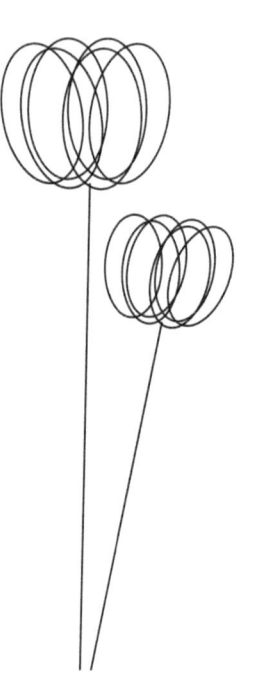

## Kostbare tijd –

De wind blaast en de mooiste roos vergaat
Niks is voor altijd dus leef vandaag en heb nooit spijt
Soms lijkt alles ver te zijn
maar in je hart is alles heel dichtbij

## Bevrijd me –

Bevrijd me van jou grepen
Bevrijd me van alles wat het

met me doet
voorgoed

Je belette me
Bevroor me

Gebroken
Mijn vleugels afgenomen

Bevrijd me
Verlicht me

Beziel me
Verstop me niet

Breek me niet
Heel me

Hecht me
Ik vergeef je

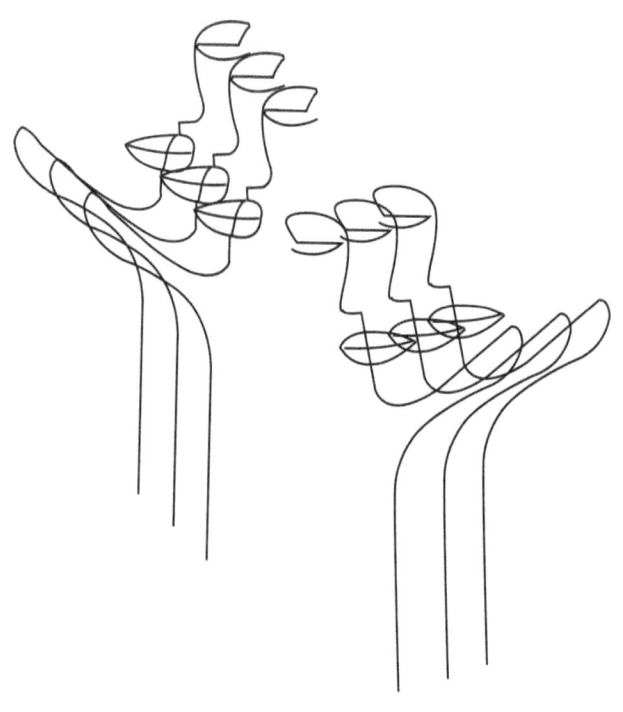

**Je bent mooi –**

Wat ben je mooi als je praat
Als je lacht en als je slaapt

Als je loopt en als je vraagt
Hoe je kijkt en hoe je aanstaart

Wat ben je mooi als je valt en dan weer opstaat
Wat ben je mooi als je straalt en als je ademhaalt

Wat ben je mooi
Maar wat ik het mooiste aan je vindt

Is dat je altijd jezelf bent
en je nooit schaamt

Nee
Nee
Nee

## Nee is Nee –

Waar woorden niet genoeg zijn
Om een lichaam te beschermen

Waar toestemming niet is verleend
Waar het ego denkt te kunnen

Intimideren, betasten, verkrachten
Waarop nee het antwoord is

Waar woorden de kracht niet hebben
Een stem het signaal niet afgeeft

Weerstand niet genoeg lijkt
Het besef niet doordringt

Mentale pijn en fysieke angst het overblijfsel is
Waar het onveilige gevoel de straten zal betreden
en de ervaring zal volgen

Nee is nee
Geschonden

'Maar macht over de vrouw is slechts een illusie'

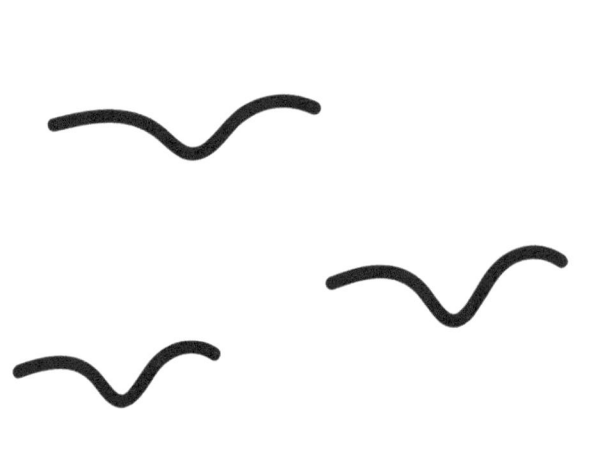

## Mezelf –

Ik wil lopen, rennen, praten
Zoals ik nu verlang en thuis al kan
Ik wil doorbreken en verkennen
Zien en vertellen
Ademen zonder pijn
Voelen zonder bang te zijn
Praten zoals ik het papier aanraak
Geen limieten, geen angsten
Het leven dansen
Zo vrij als de zee
Zo stralend als de zon
Zo mezelf als ik kan

## Onmacht –

Ik staar naar alles wat ik in mijn hart bewaar
Het is niemands schuld, maar de pijn is het gevaar
De uitkomst is ongevraagd, maar waar
Het is het lot, het is hoe het moet
Dat begrijp ik, dat weet ik
Maar je ziet niet hoe het in mijn hoofd gaat
Hoe het donker over mijn gedachten waakt
Ik hoop dat het licht mijn hart bewaakt

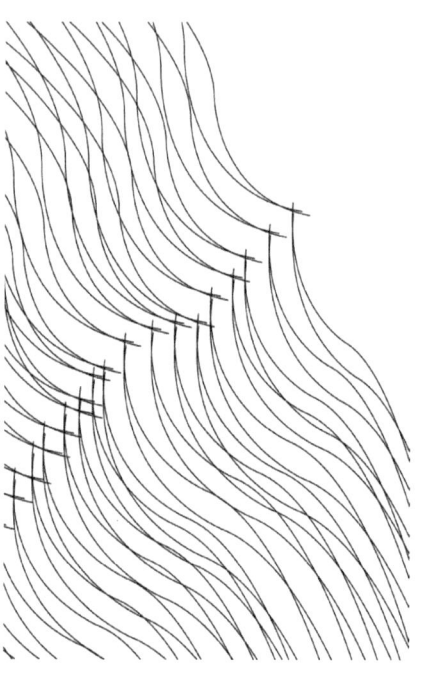

## Pijn –

Pijn ik voel je
Pijn ik hoor je
Pijn ik zal je niet negeren
Pijn ik vergeef je
Pijn ik heel je

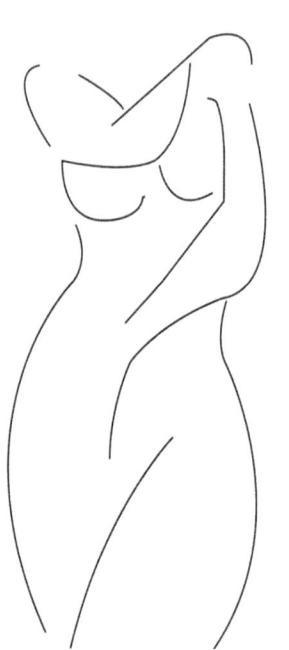

## Kleine jongen –

Niet om wie ze is, maar om wat ze is
Haar lichaam, zijn zwakte
De ander daarmee gekwetst
De waarheid wordt niet erkent
Zij is niet gek
Lust staat in de weg
De goedheid lijkt oprecht
Maar de daden zijn haar onrecht
Een kleine jongen
Een volwassen vouw

## Bestemd –

Wat is voor mij bestemd?
Ergens is het vast al bekend

Mijn hart heeft dromen
Nog onduidelijk hoe het zich zal ontvouwen

Soms weet ik alles zeker
En soms weet ik niks meer

Met hoop dat alles op z'n plek valt
Dat het op een dag allemaal duidelijk is

Maar ook al ben ik soms bang
Toch weet ik

Dat ik dan precies ben
waar ik moet zijn

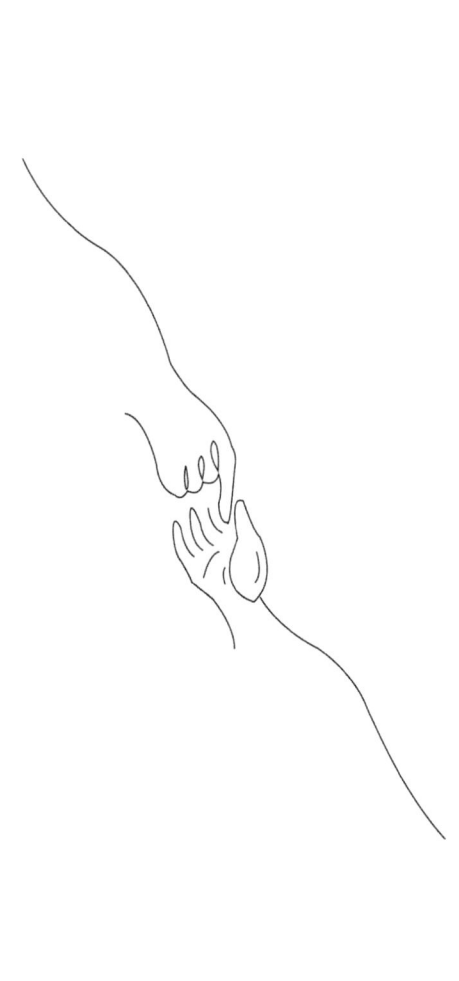

**Lieve angst –**

Ik weet dat je er bent om mij te behoeden
Voor alle kansen die ik niet zal pakken
Om net iets meer te doen dan te overdenken
Ik weet dat je mij wil helpen, maar ik kan niet
ademen als je mij zo stevig blijft verlammen
Soms zal ik huilen en niet veel kunnen
Mezelf verliezen of even geen uitweg uit vliegen
Maar wil je mij, kun je mij een beetje
meer ruimte bieden?
Soms zal ik mezelf willen laten zien
en soms verschuilen
Maar mag ik die keuze zelf gaan bepalen
wil jij die niet voor mij maken?
Samen kunnen we veel bereiken
Laat mij dat maar blijken

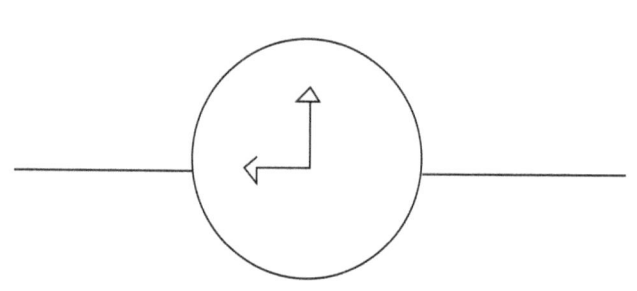

## Even terug –

Terug naar hoe het was
Het begin
Kleine mij
Geen zorgen
Pure lach
Even terug
Mag ik, kan ik in de tijd even terug?
Dicht bij jou tot de zon komt
Draaien en dan weer terugdraaien
Laat je me niet alleen als ik groter word
en meer zorgen heb?
Laat je me niet alleen als ik val en verdrietig ben?
Laat je me niet alleen als mijn hart breekt
en ik niemand anders heb?
Geef je mij niet op?
Dan blijf ik hier en hoef ik niet terug
Dan weet ik dat ik jou heb en mij heb
zo lang als ik leef

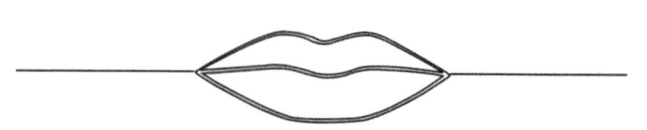

## Op slot –


Er gebeurt niks
Mond verlamd, lippen bevroren
Toekijkend naar het hart dat bloedt
Het leed is de stilte, de stilte die anderen opmerken
De gedachten zijn luid
De zinnen liggen klaar
Maar mond verlamd en lichaam verstijfd
Is dit hoe het altijd zal zijn?
Paniek, omdat praten niet kan

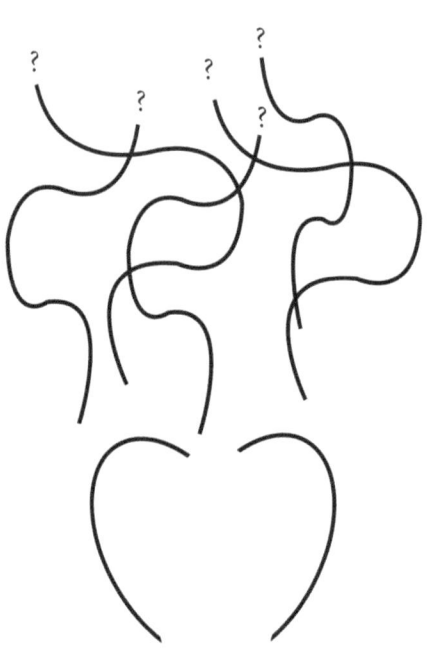

**Tegenstrijd –**

Hopeloos schopte hij tegen zijn leven aan
Verdwaald in het donker
Wachtend op een wonder
Leegte in zijn hart
Zijn gedachten verstoord
Mist in zijn ogen
Wat zal de toekomst beloven?
Zijn lichaam doet pijn
Hij wil niet meer, maar wil wel

## Mist –

Ik weet niet hoe ik me moet gedragen
En hoe ik de mist uit mijn ogen moet blazen
Ik voel niet wat ik zou willen voelen
Het is niet hoe ik wil dat het zou moeten zijn
De tranen stromen langs mijn gezicht
Het leven gaat maar gewoon voorbij

## Ik verdrink –

Ik verdrink in mijn tranen
Ik panikeer en ik stik
Ik troost en ik vraag
Ik verdoof en ik slaap

## Gered –

Je bent niet vergeten
Door het licht opgeheven
Niet verborgen
of verloren
Je bent niet zwak
Je moet alleen je kracht nog vinden
Volg je hart naar huis
Huil maar, schreeuw maar
Met je blik vooruit
Vecht tegen je eigen verzet
Gered

## Anders –

Ik voel me zo anders als ik naar je kijk
Alsof ik met hele andere dingen bezig ben dan jij
Liever alleen dan volgzaam zijn
Als ik maar mijn eigen pad blijf volgen
Weet ik dat het goed gaat komen

## Doorbreken –

Het begint bij de eerste stap
Dat je het doet
Ook als het niet moet
Vrij zijn
Van alles los
Het is mooi
Het is zacht
Zo puur als je lacht
Schoenen aan
Veters gestrikt
Lopen en gaan
Niks dat meer tegenhoudt
Niks meer om je heen gebouwd

### Ga maar –

Het is oké als je nu gaat
Ik laat je doen
Ik laat je vrij en hou je vast
Soms zal ik tegenwerken
En alles opnieuw moeten verwerken
Als mijn toekomst al is geschreven
Heb ik niks te vrezen
Het is oké als je gaat
Wat bij mij hoort verlaat me nooit
Je hoorde al eens bij me
Dus jij bent het altijd voor mij

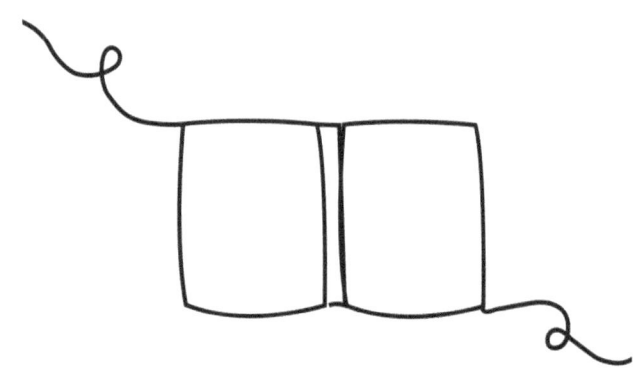

## Therapie –

Daar zit ik weer
Voor het oog van de psycholoog
Tranen rollen over mijn gezicht
De zon is in mijn zicht
Elke keer iets meer van mij
Steeds een stapje dichterbij

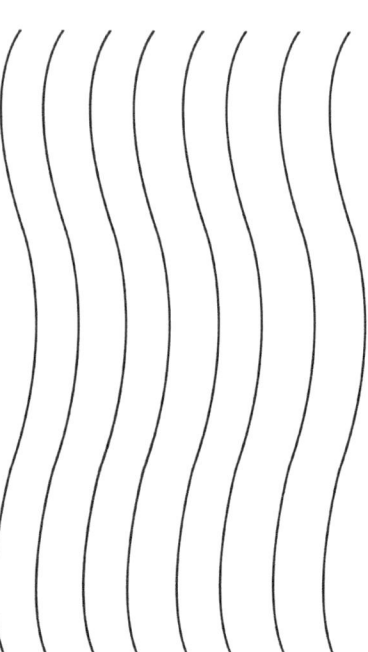

## Grenzen –

Grenzen niet gesteld
Mijn hart bekneld
Pijn doorstaan
Mezelf het meest pijn gedaan
Niet te lief, gewoon lief
Voor anderen, maar ook voor mezelf?
Ik begrijp nu hoe ik voor mezelf moet zorgen
Hoe ik naar mezelf moet en mag kijken
Grenzen niet gesteld
Ik weet nu pas wat grenzen zijn

## De overdenker –

Het overdenken
Streven naar het onbekende

Het stelt niet veel voor
Toch gaat het in je hoofd maar door

Loslaten moeilijker dan je dacht
Het lijkt wel een grotere macht

Soms bang en soms durf ik alles aan
Ga ik elke uitdaging aan of blijf ik ze uit de weg gaan

Denk ik veel na en blijf ik lang stilstaan
Toch weet ik dat overdenken niet helpt

En het nergens toe leidt
Juist het onbekende is wat me nu draagt

Zonder na te denken
over wat er morgen voor me staat

## Een deel –

Jeugdtrauma's
Verloren liefde

Spijt
Angst

Je kan het niet negeren
Het vergeten

Het moet toegelaten worden
Aandacht krijgen

Het hoort te zijn
Een deel van jou en mij

Nieuwe deuren zullen opengaan
Door alles aan te gaan

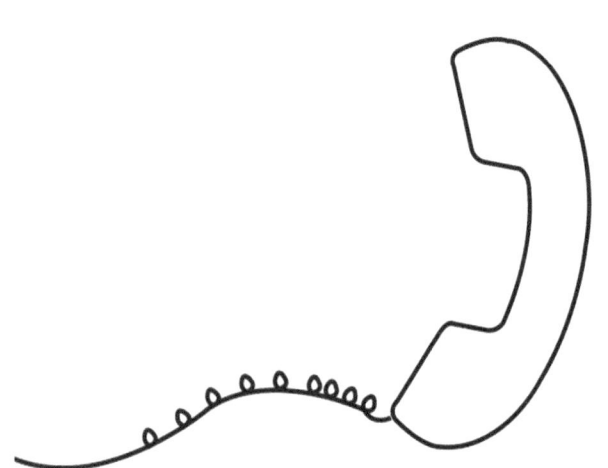

# Aan de lijn –

Honderden gesprekjes
Aan de andere kant van de lijn
Een vreemde die naar me luistert
Geen oordeel velt
Die gewoon even met me belt
Mij een reden geeft
Zonder misschien te weten
Wat een betekenis dat heeft

# Verandering –

Soms zonder dat je het echt doorhebt
Maar het later beseft

Alles anders
De wereld veranderd

Jij en ik
De situatie in dat ene ogenblik

Ik neem je niks kwalijk verandering
Ik neem je niks kwalijk anders

Ik verwijt je niks
Haat je niet

Even wennen
Dat moet ik bekennen

## Leven –

Ik dans
Mijn grootste belang
Verlang
Ik dicht
Een mooi gedicht
Verbaal
Ik straal
De juiste hoeveelheid
schoonheid
Ik heb lief
Dat lees je in mijn brief
Blij
Om te zijn
Verleden mooi herinneren
Oud zeer zal niet hinderen

## Lief leven –

Teder raak ik het leven aan
Begin ik een nieuw bestaan
Ik heb het leven lief
In het donker en licht
Pijn was zwaar
Het was het waard
Precies zoals het moest gaan
Kan ik dankbaar bestaan
Ik hou van jou
Van heel jou

Website: femkelianne.jouwweb.nl
Insta: femkelianne

Verlicht mij

OOK AUTOREN A HEART FOR AUTHORS À L'ECOUTE DES AUTEURS MIA KA
FORFATTARE UN CORAZÓN POR LOS AUTORES YAZARLARIMIZA GÖNÜ
OR AUTORI ET HJERTE FOR FORFATTERE EEN HART VOOR SCHRIJVERS T
SERCE DLA AUTOROW EIN HERZ FÜR AUTOREN A HEART FOR AUTH
ВСЕЙ ДУШОЙ К АВТОРАМ ETT HJÄRTA FÖR FÖRFATTARE A LA ESCUCHA
MIA KAPΔIA ΓΙΑ ΣΥΓΓΡΑΦΕΙΣ UN CUORE PER AUTORI ET HJERTE FOR FOR
SZERZŐINKÉRT SERCE DLA AUTOROW
CORAÇÃO ВСЕЙ ДУШОЙ К АВТОРАМ E

# De auteur

Femke van Reede is een jonge vrouw met een grote passie voor schrijven. Toen ze op jonge leeftijd worstelde met depressie, ontdekte ze dat schrijven haar hielp om door moeilijke tijden heen te komen. Ze beschrijft het zelf als haar redding. Met de steun van een psycholoog klom ze uit het dal. Deze ervaring heeft haar gedreven om niet alleen zichzelf te helpen, maar ook anderen te bereiken met haar dichtbundel 'Verlicht mij'.

**novum** UITGEVERIJ VOOR NIEUWE AUTEURS

# De uitgeverij

*Wie ophoudt*
*beter te worden*
*is opgehouden*
*goed te zijn!*

Op basis van dit motto zoekt uitgeverij novum steeds nieuwe manuscripten! Ondertussen zijn wij in Nederland, Duitsland, Oostenrijk en Zwitserland dé specialist voor nieuwe auteurs.

**Elk manuscript dat wij ontvangen wordt gratis door onze redactie beoordeeld.**

Meer informatie over onze uitgeverij en over onze boeken kunt u op online vinden onder:

w w w . n o v u m p u b l i s h i n g . n l